KB094570

늘 행복하세요

2023년 6월
정해연

모델

모델

정해연

위즈덤하우스

1

"저한테는 정확히, 사실대로 말씀하셔야 해요. 정말 죽이지 않은 것 맞죠?"

앞에 앉은 남자의 동공이 떨렸다. 그걸 본 나는 울화가 치미는 것을 참느라 애쓴다. 이 남자가 주장하려는 것은 대체 무죄인가, 심신미약인가. 교도소 접견실에 앉아 아까부터 자신은 죽이지 않았다고 말하다가 느닷없이 죽였을지도 모른다는 말을 횡설수설하고 있었다. 이래서 이 사건은 맡고 싶지 않았다. 5촌 당숙의 친구의 아들의 친구인 이 사진작가 사건은 누가 봐도 그가 살인범임이 확실했기 때문이다. 사진작가의 친구가 자기 부모의 친구인 내 5촌 당숙에게 부탁해 수임한 사건만 아니었어도 나는 이 사건을 거절했을 것이다.

"아무리 정신이 없었어도, 내가 그 애를 죽일 리가 없잖아요."

'그 애'라는 것은 이 유명 사진작가이자 살인 용의자인 유대평의 보조 작가로 이름은 이우리다.

2023년 1월 18일. 사진작가 유대평은 작업을 위해 보조 작가 이우리와 함께 숙박 시설로 등록된 오피스텔에 투숙하였다. 그리고 1월 19일 이우리는 살해된 채 발견되었다. 이우리의 피를 잔뜩 뒤집어쓰고 기절한 듯 잠이 든 유대평과 함께. 시신 옆에서 발견된

칼에서는 유대평의 지문이 잔뜩 검출되었고, 유대평의 손톱에서는 사망한 이우리의 유전자가 나왔다. 유대평은 곧장 구속되었다.

"그런 말로 판사들을 설득할 수는 없어요. 유대평 씨가 무죄라는 증거가 필요하다고요, 증거가."

변호사인 나는 머리를 감싸 쥐며 약간은 짜증스럽게 대답했다. 유대평이 말했다.

"그런 게 있을 리가 없잖아요. 나는……
마약에 취해서 아무 정신이 없었는데."

자랑이다. 그런 말을 뱉으려다가 말았다. 아무리 5촌 당숙의 부탁에 어쩔 수 없이 떠맡은 사건일지라도 그는 나의 의뢰인이었다. 심지어 수임료를 세 배나 쳐주기로 한.

나는 살짝 고개를 바닥으로 내리며 시선을 피하는 그의 얼굴을 똑바로 쳐다보았다. 그의 고개는 정확히 '아무 정신이 없었'에서 바닥을 향했다. 뭔가가 의심스러웠다.

"유대평 씨."

유대평이 고개를 들었다.

"정말로 아무 기억이 안 나세요?"

확장된 동공이 부르르 떨린다. 나는
한숨을 내쉬었다. 분명 그는 감추는 것이
있었다.

"법정에서 말하지는 않더라도 저한테만은
진실을 말씀해주셔야 합니다. 그래야 제가
유대평 씨를 도울 수 있어요."

유대평은 눈을 깜박이며 아랫입술을 질끈
물었다.

"기억나시는 게 정말 하나도 없습니까?"

그는 한참이나 침묵을 지키다가 가까스로
입을 열었다.

"아주 단편적으로 기억이……. 제가 그
애의 멱살을 잡고 흔드는 장면이 떠올라요.

제가 막 소리를 지르는데…… 이우리는 축 처져 있어요."

나는 낮은 한숨을 내쉬었다.

"그리고 또요?"

"……"

"말씀하세요."

단호히 말하자 유대평은 고개를 푹 숙였다.

"제 몸에 피가 잔뜩 튀어 있어요."

머리가 지끈 아파왔다. 복부와 목의 경동맥 등 총 열두 군데에 자상을 입은 이우리는 사망 당시 엄청난 양의 피를 뿜어냈을 거라는 의견이 부검의의 1차 소견서에 나와 있었다. 한 방 안에 두 남자가 있었고 둘 중 하나가 죽었다. 그리고 다른 한 사람은 피를 뒤집어쓰고 있었다. 범인이 유대평이라는 것은 의심의 여지가 없는 상황이었다.

증거는 그것만이 아니었다. 경찰이 입수한 CCTV에서 이우리의 사망 추정 시각인 19일 새벽 4시부터 7시 사이 6층에 있던 이우리의 방을 드나든 사람은 유대평뿐이라는 것이 밝혀졌다. 이우리는 18일 밤 11시부터 유대평과 술자리를 가졌다. 평소 친하게 지내던 시설팀 직원을 불러 술 한잔을 권하면서 아침 7시에 전화로 깨워달라고 부탁을 한 것이 19일 새벽 4시였다. 직후 시설 직원은 방을 떠났다. 4시 10분, 이우리의 방에서 나오는 유대평의 모습이 CCTV에 찍혔다. 30분 뒤인 4시 40분, 유대평이 다시 이우리의 방에 들어갔다. 아침 7시, 이우리를 깨우기 위해 직원이 전화를 했을 때 연결이 되지 않아 방에 올라간 직원은 사망한 이우리를 발견하였다. 그때 유대평은 피를 온몸에 묻힌 채 잠이 들어 있었다. 경찰은 유력한 용의자로 유대평을 체포했다. 복도에도 CCTV가 달려 있는 오피스텔이기에 그것을 피해 다른 통로로 제삼자가 이우리의 방을 드나드는 것은 불가능했다.

어쩌면 차라리 심신미약으로 감형을 노리는 게 나을지도……. 거기까지 생각했을 때 유대평이 내 생각을 읽은 듯 팔을 부여잡았다.

"제발 살려주십시오. 이대로라면 제 인생은 다 끝나는 겁니다. 살인범이 될 수는 없어요. 평생 사진만 찍어왔습니다. 사진작가로 살 수 없다면 차라리 죽는 게 나아요."

나는 유대평을 뚫어져라 응시했다. 나의 강한 시선에 유대평은 손을 떼고 고개를 숙였다. 확인해야 할 것이 있었다. 내가 말했다.

"유대평 씨, 본인의 무죄를 확신하십니까?"

유대평의 얼굴이 일그러졌다. 그의 머릿속에 있는 단편적인 기억들이 확신하지 못하게 하는 것이다. 어쩌면 자신이 범인일지 모른다고 내심 생각하고 있는 것이다. 그는 대답하지 못한 채 고개를 숙였다. 내 얼굴이 구겨지는 것을 스스로도 느낄 수 있었다.

"자신이 살인했을지도 모른다고 생각하시면서, 무죄를 주장하겠다는 겁니까?"

"제발 도와주십시오. 전 정말 그런 짓을 할 사람이 아닙니다. 평소에 제 보조 작가인 우리를 굉장히 신뢰했습니다. 그 애와 나는 정말로 끈끈한 사이입니다. 그 애가 데뷔할 수 있게 저는 많은 걸 가르쳤다고요!"

그 가르침 중에는 마약도 있었다. 참 대단한 스승이다.

"그래요. 마약을 한 죄는

처벌받아야겠지요. 하지만 살인은 달라요. 제발 한 번만 도와주세요. 제가 살인하지 않았을 거라고 믿어주세요."

지금까지 수임했던 사건 중 자신도 결백을 확신하지 못하면서 이렇게 말하는 의뢰인은 처음이었다.

"무죄를 꼭 받게 해달라는 게 아닙니다. 저 스스로도 확인이 필요해요. 내가 죽였는지 어쨌는지. 변호사님이 꼭 좀 알아봐주세요."

나는 잠시 고민했다. 이미 확인은 경찰 단계에서 끝난 것이 아닌가. 괜한 일에 얽혀서 시간만 낭비하는 건지도 몰랐다. 게다가 잘못하면 승소율도 떨어진다. 그렇잖아도 변호사 사무실 간의 경쟁이 치열한 마당에 승소율까지 떨어지면 답이 안 나온다.

"좋습니다."

나는 결단을 내렸다. 수임료가 세 배인

사건은 위험을 감수해도 좋다는 결론이 섰다.

"제가 확인해보고 경찰의 판단이 틀리지
않았다고 생각되면."

나는 경찰이 틀리지 않았다고 생각한다.
CCTV라는 부정할 수 없는 증거가 이미
있었기 때문이다. 벽을 타고 기어올라 6층
방에 숨어든 것만 아니라면 범인은 한
사람뿐이었다.

"저는 살인의 무죄가 아니라 심신미약으로
유대평 씨를 변호할 겁니다."

"무죄는 정말 어려운 건가요? 여기서
인생을 종 칠 수는 없단 말입니다."

고집이 있는 남자다. 나는 한숨을
내쉬면서 고개를 저었다.

"하지만……."

"네 배."

정말이지 이런 의뢰인은 처음이다.

수임료를 네 배나 부르다니. 나는 갑자기 그의
무죄를 간절히 믿고 싶어졌다.

2

유대평이 사진 작업을 위해 머물렀던
오피스텔은 제선시 외곽의 저수지 근처에
있었다. 이름은 제선 오피스텔. 생활형 숙박
시설로 등록되어 있어 대부분의 소유주들은
숙박업으로 활용하고 있었다. 사진 작업이
있을 때마다 유대평은 제선 오피스텔의
여러 층을 잡아 스태프들과 함께 머물렀다.
이번에도 마찬가지였다. 한 층당 네 개의 룸이
있는 제선 오피스텔의 세 개 층을 통으로
빌렸다. 8층에는 유대평의 숙소와 작업실,
촬영방을 만들어놓았고, 7층은 모델과 그녀의
매니저인 어머니, 그리고 스태프들의 방으로

사용했다. 6층은 보조 작가가 사용하며 나머지
방들에 촬영 소품을 보관했다.

나는 차에서 내려 제선 오피스텔을
올려다보았다. 한 동만 덩그러니 놓여 있어도
꽤 이용객들이 많을 것 같았다. 오래됐지만
깔끔하게 관리된 건물도 그렇고, 룸에 나 있는
창을 통하면 저수지의 아름다운 풍광이 보일
터였다. 차 문을 닫고 제선 오피스텔 안으로
들어갔다. 로비는 텅 비어 있었고 정면으로는
엘리베이터가 보였다. 출입구 오른쪽으로
경비실이 있었는데 드나드는 방문객을
확인하기 위해 창이 이쪽으로 나 있었다. 작은
창 안에서 경비원이 내 쪽을 보았다. 내가
경비실 방향으로 다가가자 경비원이 문을
열고 나왔다.

"서울에서 오신 분인가요?"

내가 방문할 거라고 미리 연락해 협조를

구해놓은 터였다.

"네, 안녕하세요. 변호사 정우진입니다."

"연락은 받았습니다만, 제가 뭘 도와드릴
수 있을지……."

"사건 관계자들을 만나게 해주시면
됩니다."

경찰 조사가 끝나지 않은 터라 유대평의
모델인 이미래와 그녀의 어머니까지 아직
이곳에 남아 있었다.

"그럼 누구를 먼저 만나게 해드릴까요?"

"여기 직원분이 처음 시신을 발견했다고
했죠? 그분을 만나고 싶습니다."

살인 현장을 처음 발견한 것은
이 오피스텔의 직원인 강민준이었다.
강민준은 18일 밤 11시, 이우리로부터 같이
술자리를 갖자는 제안을 받았다. 매년 오는
손님으로 약간의 친분이 있었다. 당연히

야간 근무자가 술을 마셔서는 안 되지만,
늘 그렇듯 오피스텔의 설비는 무사할
터였으므로 응했다. 술자리 도중 피로가
몰려와 자리에서 일어나려던 새벽 4시경,
보조 작가 이우리로부터 다음 날 아침 7시
전화 부탁을 받았다고 했다. 호텔이 아니므로
당연히 가능한 서비스가 아니었지만 굳이
거절하지는 않았다. 강민준은 다른 교대자와
하루씩 번갈아가며 24시간을 근무하는 시설
직원이었으므로 그를 깨워주는 것은 어려운
일도 아니었다. 문제는 다음 날 생겼다. 아무리
전화를 걸어도 이우리가 받지 않았던 것이다.
유대평의 성격이 불같다는 것을 강민준도
알고 있었다. 조금이라도 약속 시간에 늦으면
불호령이 떨어지기 때문에 이우리가 모닝콜을
부탁했던 것이었다. 세 번쯤 전화를 걸었을 때
아무래도 안 되겠다 싶어 이우리가 머물렀던

601호로 향했다. 초인종을 눌렀지만 대답은 없었다. 관리소장에게 전화해 마스터키가 들어 있는 금고의 비밀번호를 물어봐야 하나 생각했지만 이상하게도 문은 조금 열려 있었다. 문을 열고 들어갔을 때 거실은 텅 비어 있었다. 이우리를 부르며 방 안으로 들어간 강민준은 그 끔찍한 장면을 보고 말았다. 이우리는 복부가 난자되어 하늘을 본 채로 벌러덩 누워 있었다. 내부 장기까지 보일 지경이었다. 그 옆에 피를 뒤집어쓴 유대평이 잠들어 있었다. 경찰에 연락했고, 살인 용의자로 유대평이 체포되었다.

"강민준입니다."

경비원의 안내로 사무실에 들어가 앉아 있는데, 20대 후반 정도로 보이는 깔끔한 인상의 청년이 다가왔다. 오피스텔의 이름이 적힌 점퍼를 입고 있었고, 머리는 단정했다.

24시간 맞교대 근무를 하는데도 피곤한 기색은 전혀 보이지 않았다.

"변호사님이시라고요?"

"네, 맞습니다. 잠깐만 앉으시죠."

강민준은 앉으며 중얼거리듯 말했다.

"할 말은 이미 경찰에 다 했는데……"

"그래도 다시 한번 자세히 말씀해주세요. 유대평 씨를 생각해서요."

강민준은 떨떠름한 얼굴로 자리에 앉았다. 유대평을 생각하라는 것은 그다지 마음이 혹할 만한 말은 아니었다. 어차피 강민준은 이 오피스텔의 직원이고 유대평과는 상관도 없는 사람인 것이다. 나는 내가 알고 있는 사실들을 강민준의 입을 통해 재차 확인했다. 술자리에 합석한 이야기를 할 때 강민준은 관리소장의 눈치를 보았다. 이 일로 어떤 문책을 당할지 걱정하는 것 같았다.

"이우리 씨의 시신이 발견되기 전날인 18일, 엘리베이터가 망가졌다고 들었습니다."

강민준이 무덤덤한 얼굴로 고개를 끄덕였다.

"맞습니다."

"자주 있는 일인가요? 왜 바로 수리가 안 됐죠?"

"자주는 아니지만 종종 있는 일입니다. 엘리베이터도 기계 덩어리니까요. 가끔 문제를 일으키죠. 바로 수리가 안 된 건 업체가 은파시에 있기 때문입니다. 두 시간 거리긴 하지만 하루 이틀 정도는 걸려야 수리 일정을 잡아줍니다."

"지금은 수리가 됐나요?"

"네, 됐습니다."

나는 고개를 끄덕였다. 그날만 유독 엘리베이터가 고장 난 것이 아니라면 그다지

관심을 둘 만한 일은 아니었다. 무엇보다
엘리베이터 앞의 복도에는 CCTV가 작동되고
있었다. 복도 맞은편에는 계단실의 출입문이
있었다. 6층을 사용한 것은 이우리뿐으로,
만약 다른 사람이 계단을 통해 이우리의
방으로 들어가려 했다면 복도에 있는 CCTV에
찍히지 않을 도리가 없었다.

"계단에는 CCTV가 없나요?"

"네, 없습니다."

"복도 쪽 CCTV에는 아무것도 찍히지
않았다고는 들었습니다만, 제가 직접 볼 수
있을까요?"

강민준은 나를 방재실로 데려갔다.
방재실은 비어 있었다. 다른 직원이 있는
것은 아니고 시설부인 강민준이 모든 일을
도맡아 하는 것 같았다. 강민준은 열 개도
넘는 모니터가 붙어 있는 컴퓨터 앞에 앉아

키보드를 두드렸다. 나는 뒤에서 화면을 응시했다. 강민준이 마우스를 움직여 19일 폴더를 클릭하자 해당 날짜에 찍힌 층별 CCTV 파일 목록이 떴다. 그중 하나를 강민준이 클릭했다.

카메라는 천장에 달린 듯 오른쪽 옆으로 엘리베이터 문이 두 개 보였고, 왼쪽으로는 바닥과 벽만이 찍혀 있었다. 엘리베이터 옆에는 '10'이라는 표시가 찍혀 있었다.

"아이고, 파일을 잘못 열었네요."

강민준은 파일을 닫으려 했다.

"잠깐만요."

내가 손을 내밀어 저지하자 강민준이 둥그런 눈으로 나를 돌아보았다. 화면엔 별다른 변화가 없었다. 다만 화면이 미세하게 밝아졌다가 어두워졌다. 강민준은 화질이 좋지 않아 가끔 나오는 현상이라고 했다. 그

외에는 이상이 없어 나는 다시 6층의 영상을
부탁했다.

강민준이 다시 제대로 파일명을 확인한
후 영상을 열었다. 이번 영상에는 '6'이라는 층
표시가 있었다. 이우리가 죽었다고 판단되는
때는 강민준이 이우리의 방에서 나왔다는
새벽 4시부터 시신으로 발견된 오전 7시
사이였다. 그사이에 601호를 드나든 것은 단
한 사람, 유대평이었다.

그는 4시 10분 이우리의 방을 나왔다.
그리고 엘리베이터 앞으로 갔다가 고장을
확인하고 계단으로 나갔다. 4시 40분, 그는
다시 이우리의 방으로 들어갔다. 이우리의
시신이 발견되기까지 6층에 나타난 것은
유대평뿐이었다. 너무 확실한 증거였다.

7층과 8층 역시 아무도 모습을 드러내지
않았다. 7층에 있던 모델 이미래와 어머니

천경선이 방을 나가지 않았다는 증언과 일치했다. 8층에도 역시 사람의 모습은 없었다. 8층을 사용하는 유대평은 6층에 있었기 때문이다. 유대평은 계단실로 들어가 30분가량 있었다. 그 시간 동안 무얼 했는지 밝혀내는 것이 경찰의 목표였다.

"혹시 특별히 목격한 것은 없습니까? 둘이 싸웠다든가 하는……."

"글쎄요. 경찰에서도 그걸 물었지만 딱히 생각나는 게 없습니다. 하필 한 층 전체를 사용하니 다른 이용객들이 들은 것도 없다고 하더라고요. 제가 생각할 때는 평소와 다르지 않았습니다. 이우리 씨는 유대평 씨의 지시에 최선을 다하려고 했습니다. 늘 그러셨어요."

"이우리 씨와 개인적인 대화도 나누시던 사이였나요?"

그냥 투숙객이라면 유대평의 지시에

최선을 다하려고 했다는 평가까지 나오기는
힘들 것 같았다.

　"뭐 대단히 친하게 지낸 건 아니지만…….
1년에 한 번이지만 일단 오시면 한 달 넘게
묵었으니 가끔 대화를 나누곤 했었죠.
사진작가님이 굉장히 예민하셔서 맞추기
힘들다고 한 적이 있습니다."

　작업과 관련 없는 사람에게까지 그런
고충을 털어놓다니, 유대평은 꽤 고약한
사람일지도 모른다.

　"혹시, 두 사람이 마약을 했다는 걸 알고
계셨습니까?"

　강민준은 펄쩍 뛰었다.

　"그럴 리가요! 전 그런 건 절대
몰랐습니다."

　어차피 예상된 답변이었다. 마약을 하는
걸 알았다고 해도 말할 리가 없었다. 그

자체만으로 죄가 되기 때문이다. 나는 7층에 방문 사실을 알려달라고 부탁했다. 그곳에는 이번 촬영의 모델이었던 이미래와 그녀의 어머니 천경선이 있었다.

3

유대평의 사진작가로서의 커리어는 모델 이미래와 함께 시작되었다고 해도 과언이 아니었다. 이미래 역시 그러했다. 하지만 유대평에 비해 이미래에 대해서는 알려진 바가 없다. 유대평의 사진이 유명세를 떨치면서 각종 미디어에서 이미래를 취재하고자 했으나 이미래 측에서 모두 고사하였기 때문이다. 이미래는 오로지 유대평의 사진 작업에만 참여했다.

나는 여기 오기 전 유대평의 작품들을

잠시 훑어봤다. 다른 모델과 작업한 것도 있었지만 세간의 평대로 이미래와 작업한 것이 최고로 보였다. 사진이나 예술에 대해 잘 모르는 내가 봐도 그랬으니 유대평에 대한 평단의 찬사는 당연한 듯했다.

이미래를 찍은 작품은 대부분 비슷한 포즈로 촬영되었다. 입고 있는 의상만 달라질 뿐 이미래는 비스듬하게 벽에 기대앉아 있었다. 드레스나 스커트 아래로 살짝 보이는 가느다랗고 하얀 다리는 묘하게 색정적이었다. 그중 묘미라 할 수 있는 부분은 그녀의 표정과 눈빛이었다. 무덤덤하다고 볼 수도 있는 그 표정은 다양한 해석을 가능케 했다. 모든 것을 잃은 절망으로도 보였고, 인형 같은 매력을 뿜어내기도 했다. 일부에서는 모든 것을 내려놓은 가장 평안한 인간의 상태를 표현한 것으로 보기도 했다.

이미래 모녀를 만나기 위해 7층으로 올라가자 엘리베이터 승강장에서 기다리고 있던 여성이 고개를 살짝 숙이며 인사했다. 60대로 보이는 그녀가 이미래의 모친인 천경선인 듯했다. 나도 고개를 숙여 인사했다.

"제가 방으로 갈 텐데 굳이 마중까지."

그렇게 말하자 착각은 말라는 듯 조금 싸늘한 목소리로 천경선이 말했다.

"그 전에 약속해주실 것이 하나 있어요."

그러고 보니 천경선의 손에는 서류 파일이 들려 있었다. 단순한 약속이 아니라는 것만은 짐작할 수 있었다. 그녀가 승강장 반대편 벽에 붙어 있는 의자로 다가가 앉았다. 나도 그녀를 따라가 옆에 앉았다. 천경선이 파일을 내밀어 열어 보였는데 역시나 각서가 담겨 있었다. 내용은 간단했다. 여기서 알게 된 이미래와 관련된 사항에 대해서는 일절 함구하겠다는

내용이었다. 나는 의아한 눈으로 천경선을
보았다.

"저희는 사건과 관련이 없어요. 어차피
경찰에도 다 말했지만 작업 시작 전이라
작가님하고 그날은 만나지도 않고 방에서
쉬고 있었습니다. 그러니 수사와 관련된
질문 이외에 여기서 알게 되는 우리 미래의
개인적인 이야기에 대해서는 함구를
부탁드리는 겁니다."

쉽게 말해 수사와 관련 없는 이미래의
신상을 발설하지 말라는 내용이었다.
미스터리한 이미지를 유지하고 싶어서라고
생각했다. 나는 크게 고민하지 않고 사인했다.
그녀가 말한 대로 경찰이 확인한 CCTV에서
두 사람은 그날 방에서 나온 적도, 유대평을
안에 들인 적도 없었기 때문이다. 내가 두
사람을 만나려고 했던 것은 평소 유대평과

이우리 사이에 문제가 있지는 않았는지 하는 형식적인 질문 때문이었다.

내 서명을 확인하고 천경선은 흡족한 듯 고개를 끄덕이고는 나를 이미래의 방으로 안내했다. 천경선은 현관문에 달린 기계에 카드키를 대고는 문을 연 뒤 잠깐 나를 돌아보았다.

"미래를 만나면 좀 놀라실 수 있어요. 그래도 너무 티를 내지는 마세요. 그게 예의니까."

아름다운 그녀의 외모는 이미 사진으로 본 뒤였다. 그렇게 놀랄 일은 없다. 사람을 뭘로 보는가 싶은 생각이 드는 것과 동시에 천경선이 문을 열었다. 현관문 맞은편의 창가에서 밖을 내다보고 있던 이미래가 고개를 돌려 이쪽을 보았다. 그녀의 뒤편에 있는 햇살 때문인지, 아니면 아름다운 얼굴

때문인지 알 수 없지만 나는 약간 눈이 부셔 이마에 손차양을 했다.

이미래가 스르르 다가왔다.

"인사드려. 작가님 담당 변호사님이셔."

"안녕……."

"하세요."

천경선이 지시하듯 뒷말을 덧붙였다. 이미래가 어눌한 발음으로 천경선의 말을 따라 했다.

"안……녕……하세요."

나는 응접실로 안내되었다. 거울을 보지 않아도 분명히 얼떨떨한 표정을 짓고 있을 것이었다. 천경선이 차를 준비하는 동안 이미래는 앉은 채로 여전히 창밖을 내다보고 있었다. 그 표정은 유대평의 작품 속 표정 그대로였다. 아무것도 느끼지 못하는 듯한 눈빛, 모든 것에 관심 없다는 표정. 어쩌면 그보다 더한 허무. 흘깃거리지 않으려 해도 자꾸만 그녀를 훔쳐보게 되는 것을 나도 어찌할 수가 없었다.

천경선이 차를 담은 쟁반을 가지고 돌아왔다.

"경계선 지능 장애라고 아시나요?"

그녀는 이런 말은 수십 번도 더 했다는 듯, 마치 외운 말을 줄줄 늘어놓는 것처럼 말하기 시작했다. 아기 시절 이미래는 말이 트이는 것부터 늦었다. 다른 아이들과 달리 자주 넘어지고 엄마가 심부름을 시켜도 이해를 잘 하지 못했다. 나중에 경계선 지능 장애라는 것을 알았다. 지적장애까지는 아니지만 아이큐가 현저히 떨어져 있는 상태였다.

"그렇지만 겉으로 보기에는 전혀 문제가 없어요. 전 아이의 미래를 위해서 장애아로 등록하지 않았어요."

그제야 이미래가 유대평의 작품에만
참여하는 이유를 알 수 있었다. 천경선의
말로는 지적장애까지는 아니라고 하지만,
내가 보기에는 말도 어눌한 것이 경계선
지능 장애보다는 좀 더 지적장애인에 가까운
걸로 보였다. 하지만 지금 중요한 것은 그게
아니었다.

"18일 밤 11시부터 19일 아침 7시까지,
그러니까 사건이 일어난 밤입니다. 두 분이 방
밖으로 나오지 않은 것은 알고 있습니다."

"당연하죠. 엘리베이터도 망가졌다는데
힘들게 뭐 하러 나가요."

그녀는 습관처럼 무릎을 손으로 쓸었다.

"그래도 혹시나 싶어 묻습니다. 아주 작은
소리라도, 뭔가 들으신 것이 없습니까?"

"저는 불면이 심해 수면제를 먹고 잠드는

편이에요. 거의 매일요. 그날도 그랬죠. 그래서 아무 소리도 듣지 못했어요."

나는 이미래를 보았다. 대답은 천경선이 대신했다.

"미래도 못 들었다고 했습니다."

"유대평 씨는 평소에 어떤 사람이었습니까?"

천경선은 손을 턱에 대고 잠시 생각에 잠겼다.

"작업에 관해선 굉장히 엄한 사람이었습니다. 자신의 생각대로 작품이 잘 나오지 않으면 원하는 느낌이 나올 때까지 무슨 수든 쓰는 사람이었습니다. 그럴 때는 굉장히 예민해졌고 화도 많이 냈습니다. 그런 걸 제외하면 저희한테는 무척 친절했습니다. 미래에게도 부드럽게 대하려 애썼고요."

나는 이미래 쪽으로 고개를 돌렸다.

이번에도 천경선이 대답하려 입을 열었다. 제지하듯 천경선을 향해 손을 들었다.

"이번에는 이미래 씨에게 직접 듣고 싶습니다. 이미래 씨, 유대평 씨에 대해 어떻게 생각하십니까?"

여기에 오기 전 조사한 바에 따르면 천경선과 이미래에게는 유대평의 사진 작업을 제외하고는 수익이 없었다. 유대평이 자신의 작업에만 참여하는 조건으로 꽤 높은 모델료를 지불해왔기 때문이었다. 그런 두 사람이 이우리를 죽여 유대평에게 살인 누명을 씌울 리는 없어 보였다.

이미래는 천천히 손을 들어 자신의 가슴에 대었다.

"아파요."

4

　　나는 계단실의 문을 열고 아래로
내려갔다. 이미래의 방에서 나와 복도를 걸을
동안 천경선이 따라 나오며, 이미래에 대한
비밀을 꼭 지켜줘야 한다고 거듭 당부했다.
아무래도 각서 정도로는 안심이 되지 않는
모양이었다. 나는 천경선이 마음에 걸렸다.
장애를 가진 딸과 다른 방을 쓰는 것이 잘
이해되지 않았다. 이미래는 문장으로 말하지
못하고 단어로만 소통했다. 그런데도 천경선이
경계선 지능 장애라고 하는 것은 부모로서
그렇게 믿고 싶기 때문인지 아니면 다른
이유가 있어서인지 알 수가 없었다.

　　천경선의 태도는 의구심을 갖게 하지만
그녀는 범인이 될 수 없었다. 이우리의 사망
추정 시각, 천경선은 자신의 방에 들어간 이후

한 번도 방을 나오지 않았다. 그건 CCTV라는 움직일 수 없는 증거가 뒷받침하고 있는 사실이었다.

그렇다면 이우리를 유대평이 죽인 것이 맞는 걸까? 그렇게 생각하던 나는 살짝 고개를 저었다. 지금 나의 위치는 유대평의 변호사인 것이다. 그가 무죄를 주장하는 이상 나는 그의 주장을 믿어야만 했다. CCTV에는 다른 사람들이 드나든 흔적이 없는 만큼, 나는 이우리의 방에 들어갈 수 있는 다른 경로를 찾아야 했다. 그래서 계단실로 내려온 것이었다.

천장을 확인해보니, 직원인 강민준의 말대로 계단 쪽에는 CCTV가 달려 있지 않았다. 반 층 아래로 내려가면 꽤 커다란 창이 있었다. 한쪽을 열어 환기를 시킬 수 있는 구조였다. 나는 창을 열고 아래를 내려다보았다. 7층이라 그렇게 높다고 생각하지 않았는데 눈앞이 아찔할 정도였다. 이런 곳을 기어오르다 만약 발이라도 잘못 디디면 크게 사고가 날 것 같았다. 사망에 이르러도 이상할 것 없는 높이였다.

나는 창밖으로 몸을 빼고 살펴보았다. 도시가스 배관이 건물을 타고 층별로 뻗어 있는 게 보였다. 손을 내밀면 가까스로 닿을 것 같았다. 배관을 타고 6층 이우리의 방으로 갔을 가능성을 생각해보았지만 곧 힘들 것 같다는 결론이 나왔다. 도시가스 배관을 타고 6층으로 내려가면 작은 창이 있긴 하지만 그건 화장실에 달린 창문이었다. 아무리 작은 사람이라도 그 정도의 창으로는 드나들 수 없었다.

나는 그대로 1층까지 내려가 로비를 통과해 정문 쪽 앞마당으로 나갔다. 베란다

쪽에는 상황이 어떠한지 보기 위함이었다.

미관상 당연히 건물의 앞면에는 겉으로 난

배관이 없었다. 혹시 6층 2호실의 열쇠를 가진

누군가가 베란다를 통해 1호실로 들어가지는

않았을까 생각해보았지만, 그것 역시 쉬워

보이지는 않았다. 객실과 객실 사이의 간격이

넓었던 것이다. 베란다는 튀어나와 있지 않은

공간이다. 당연히 사다리를 얹어 이동할 수도

없다. 굳이 가능케 하자면 어떤 식으로든

1호실 베란다에 줄을 엮어 그 줄을 타고 오는

수밖에 없는데 그건 아주 위험한 일이었다.

여기는 6, 7, 8층을 쓰는 유대평의 팀 말고도

다른 이용객이 많은 것이다. 게다가 24시간

맞교대 근무를 하는 시설 직원과 경비원이

있었다.

　　그렇다면 정말로 엘리베이터를 이용하는

방법밖에는 없다. 하지만 엘리베이터는 고장

나 있었고, 계단을 통해서 갔다 한들 복도의 CCTV를 피해 이우리의 방을 드나들 수 있는 사람은 없었다.

　건물을 올려다보다가 생각지도 못한 아이디어가 번뜩 떠올랐다. 생각해보면 이상한 일이었다. 이우리의 방은 601호, 유대평의 방은 801호로 같은 라인인 것이다. 당시 유대평은 이우리와 함께 마약을 하기 위해 601호에 가 있었다. 801호가 빈 상황이었다. 만약 누군가가 이 사실을 알고 빈 801호로 들어가 줄을 타고 601호로 들어왔다면 어떨까?

　이건 불가능해 보이지 않았다. 한밤중이었고 밧줄을 묶고 내려가는 것도 어렵지 않을 터였다. 게다가 경찰은 강민준의 증언과 이우리의 사망 추정 시각을 토대로 밤 11시부터 다음 날 오전 7시까지의 CCTV만을 확인했을 것이다. 만약 카드키를 갖고 있던 누군가가 훨씬 앞서 유대평의 방인 801호에 숨어들어 있었다면 가능했을 것이다.

자, 그렇다면 관건은 801호의 카드키를 누가 가지고 있었는가 하는 점이다. 일단 유대평이 하나를 소지했을 것이다. 나는 곧장 관리사무소로 향했다.

"입실할 때 카드키는 몇 개가 발급되나요?"

관리사무소에 관리소장과 여직원이 앉아 있었다. 문을 열고 들어가자마자 인사를 할 겨를도 없이 질문을 던졌다. 전화를 받던 여직원이 어깨를 흠칫 떨었다. 뒤에 앉아 있던 관리소장이 일어나 이쪽으로 다가왔다. 다행히 귀찮아하는 기색은 없었다.

"딱 한 개 발급됩니다."

"801호도 그랬나요? 유대평 씨가 사용한 방 말입니다."

"801호는 물론이고 모든 방에 카드키는 하나밖에 지급되지 않습니다."

"그럼 그걸 분실할 때는요?"

"관리소에서 한 장의 카드를 더 갖고 있긴 합니다. 분실 비용을 받고 내드리지요. 그 외에 관리소 직원이 쓰는 마스터키가 있기는 하지만, 여분의 카드키와 함께 금고 형태의 캐비닛 안에 들어 있습니다."

"누가 손댈 수 있습니까?"

관리소장은 눈을 껌벅이며 나를 응시했다.

"저밖에는 없습니다."

그는 설마 나를 의심하는 거냐고 묻는 듯한 얼굴이었다. 그래서인지 곧장 말을 이었다.

"하지만 저는 추가 카드키를 내준 적이 단 한 번도 없습니다. 증명하라면 할 방법은 없습니다만 제 명예라도 걸 수 있습니다."

나는 그를 의심하지는 않았다. 관리소장은
그야말로 건물을 관리하는 사람이다. 그가
이용자들과 그다지 친분이 있을 것 같지도
않았으며, 사건 관련자 중에 자신의 인생을
걸고서라도 비밀을 지켜줄 만한 사람은 없어
보였기 때문이었다.

"혹시 유대평 씨가 카드키를 다른
사람한테 빌려줄 수도 있습니까?"

관리소장은 잠시 생각하더니 말했다.

"그거야 가능하죠. 저희로서는 파악은 안
됩니다만."

이건 반드시 유대평에게 확인해야
할 부분이었다. 나는 감사 인사를 하고
관리소에서 나왔다. 일단 유대평을
접견해야겠다고 생각하며 주차장으로
이동하는데 휴대폰이 울렸다. 발신인은
휴대폰에 저장되어 있는 이름이 아니었다.

본 적 없는 전화번호였지만 왠지 지역번호로
보아 유대평이 전화를 건 것이 아닌가 싶었다.
예상대로 전화를 받자 제선 교도소에서
걸려온 전화라는 안내 멘트가 나왔다. 1번
버튼을 눌러 수신에 응하자 곧장 유대평의
목소리가 들려왔다.

"변호사님! 생각났어요!"

유대평의 목소리는 쌩쌩했다. 생각보다
수감 생활이 나쁘지 않은 듯했다.

"말씀하시죠."

"제 방이었어요!"

"네?"

"제가 이우리를 흔들어댔다고 했던 곳
말입니다. 제 방이었다고요."

나는 곧장 대답하지 못했다. 유대평의
한마디로 뒤죽박죽이 된 머릿속을 정리할
시간이 필요했다. 사망한 이우리와 유대평

모두 이우리의 방인 601호에서 발견되었다.

그런데 지금 유대평은 이우리와 함께 있었던

곳이 자신의 방이라고 말하는 중이다.

그렇다면 누군가 두 사람을 옮겼다는 말인가?

대체 어떤 방법으로? 경찰이 유대평의 방도

조사했지만, 별다른 것은 발견되지 않았다고

알고 있었다. 혈흔도 일절 없었다.

　유대평은 내 머리가 뒤죽박죽되어

버렸다는 것도 눈치채지 못한 채 계속 말을

이었다.

　"분명히 전 이우리의 방에서 나왔어요!

그리고 제 방으로 돌아갔고…… 거기서 또

이우리를 마주했나 봅니다. 왜 내 방에 왔냐고

이우리의 멱살을 쥐고 흔들었어요. 왜 내 방에

왔냐고 했다고요!"

5

그건 별로 큰 소식은 아니었다. 어차피 CCTV로 진실은 명백히 나와 있었다. 그러니 유대평의 말은 착각에 지나지 않는다. 술에 마약까지 한 상태였으니 제정신이 아니었을 것이다.

이미 이우리의 방은 경찰과 감식반원 들이 철저히 조사하고 간 뒤였지만, 혹시 모른다는 마음에 주인의 동의를 얻어 601호 안으로 들어가보기로 했다. 아직 내부는 사건 당시의 모습이 거의 그대로 남아 있었다. 살인 사건이 났고 조사가 끝났다 하여 누군가 그 현장을 치워주지 않는다. 집주인이나 유가족이 그 끔찍한 현장을 치워야 했다. 601호의 주인은 영인시에 산다고 했다. 바로 치울 수는 없어서 특수청소처리 용역을 맡기려 한다고 들었다.

관리소장에게 이야기해 마스터키를 가지고
안으로 들어갔다.

눈 뜨고 볼 수 없는 장면이었다. 두
사람이 함께 마약을 했을 응접 테이블 쪽은
이리저리 굴러다니는 술병과 방치된 안주들로
엉망이었다. 안방은 그야말로 지옥이었다.
이우리가 발견된 침대 위는 온통 피로 얼룩져
있었고, 벽까지 피가 튀어 있었다. 칼로 복부를
거의 난자한 수준이라고 했으니 당연한
일인지도 몰랐다. 이런 일에 익숙한 사람이
아니라면 분명 한동안 트라우마에 시달릴
끔찍한 현장이었다. 진한 피비린내에 쫓기듯
거실로 나와 베란다 문을 활짝 열었다. 신선한
바람이 들어와 조금은 안도할 수 있었다.
문을 연 김에 나는 위쪽을 올려다보았다.
혹시 베란다에서 위층으로 올라갈 수 있는
다른 방도는 없는지 살펴본 것이다. 하지만

별다른 아이디어는 떠오르지 않았다. 게다가 바로 위층은 모델인 이미래가 사용하고 있는 방이었다. 거길 지나야 801호 유대평의 방이 나왔다. 거기까지 생각했을 때 나는 살짝 미간을 찌푸렸다. 뭔가를 놓친 것 같은 생각이 들었기 때문이었다. 정체 모를 무언가가 마음을 치고 지나간 것 같았다. 그게 뭔지 생각하려 해보았지만 떠오르는 것은 없었다.

이번엔 8층으로 올라가보았다. 8층에서 뭔가를 찾을 수 있지 않을까 생각했던 것이다. 엘리베이터에서 내리자마자 복도에서 어떤 소리가 들려왔다. 무거운 뭔가를 질질 끄는 소리였다.

곧장 복도로 들어갔다. 내가 나타날 줄 몰랐던지 꽤 큰 검은색 가방을 질질 끌고 가던 여자가 흠칫 놀라며 이쪽을 보았다.

"누구시죠?"

내가 묻자 여자가 오히려 눈을 휘둥그렇게 떴다.

"경찰이세요?"

누구냐고 묻고 싶은 것은 이쪽이라는 듯 여자의 목소리가 높았다. 아무도 투숙하지 않는 8층에 온 남자가 의심스럽지 않을 리 없었다.

"아닙니다. 유대평 씨 측 변호인입니다."

주머니를 뒤져보았지만 명함집이 손에 잡히지 않았다. 명함 같은 건 없어도 상관없다는 듯 여자가 "아" 하고 고개를 끄덕였다. 그녀는 쥐고 있던 검은색 가방의 끈을 내려놓았다.

"저는 여기 스태프예요. 상황이 어떻게 될지는 모르지만 당분간 촬영은 힘들겠죠. 그래서 장비를 가지러 왔습니다."

유대평의 옆방은 촬영 장소라고 들었다.

미리 세팅을 했던 모양이었다.

"잠깐 몇 가지 좀 여쭤봐도 될까요?"

여자는 어깨를 으쓱하더니 물어보라는 듯
고개를 끄덕였다.

"촬영 장비를 미리 세팅해놓으셨으면 여기
함께 묵으셔도 되는 거 아닙니까? 듣기로는
7층에 사용하실 방을 유대평 작가님이 다
마련해놓는다던데요."

"유 선생님한테 못 들으셨어요?"

"네?"

"저희는 세팅을 먼저 해놓고요, 며칠
있다가 실제 촬영하는 날에 들어옵니다. 그게
선생님의 주문이기도 하고요."

나는 좀 이해가 되지 않았다.

"왜 굳이 그렇게 하는 겁니까? 모델은
처음부터 숙소에 들어와 있는데 왜 굳이
스태프만……."

여자는 곤란하다는 듯 아랫입술을 깨물었다. 그러고는 무슨 생각이 들었는지 살짝 웃었다.

"선생님의 작업 스타일이죠. 모델과 함께 지내며 교감을 해야 한다고 생각하세요."

"교감요?"

좀 불길한 생각이 들었다. 장애가 있는 이미래가 왜 어머니와 굳이 방을 같이 쓰지 않는지에 대한 해답이 여기서 튀어나올 것 같아 불안했다.

나의 표정에서 생각이 읽혔는지 스태프라는 여자는 피식 웃었다.

"그런 오해를 하실 만은 한데요."

말을 멈춘 그녀는 나를 빤히 보았다.

"의뢰인의 비밀은 어디 가서 발설하지 않는다. 변호사의 의무 맞죠?"

"맞습니다."

그녀는 누군가 들을까 봐 겁이 난다는 듯
목소리를 낮춰 말했다.

"선생님은 게이세요. 업계에서 알 만한
사람은 다 알아요."

"아, 그렇군요."

나는 일부러 놀라지 않은 척을 하려
애쓰며 그녀에게 시간을 내줘서 고맙다고
말했다. 그녀는 다시 장비가 들었을 검은색
가방을 질질 끌었다. 가만히 보고만 있을 수는
없어서 다가가 가방을 들어주었다. 여자가
들기에는 무거웠지만 내가 힘껏 들면 들 수
있는 무게였다.

"항상 이렇게 가지고 다니시려면
힘들겠어요."

"그게 제가 선택한 길인 걸요, 뭐."

"그럼 당분간 유대평 작가님 문제가
해결될 때까지는 쉬시는 건가요?"

"아니요. 그럼 먹고살 수나 있나요? 저희는 프리랜서예요. 다른 작업을 해야 해서 오늘 짐을 빼는 겁니다."

"힘들겠네요."

"그래도 여기는 꽤 편한 편이에요. 페이도 나쁘지 않고요. 방도 잡아주잖아요. 작업하다 중간중간 진짜 편하게 쉴 수 있죠."

"그런가요."

말을 하던 나는 걸음을 멈추었다. 앞서 몇 걸음 더 걷던 여자가 뒤를 돌아보았다. 왜 그러냐는 듯 나를 보고 있음에도 나는 생각에 빠져 아무것도 설명할 수가 없었다. 중요한 사실을 잊고 있었다는 걸 이제야 깨달은 것이었다. 나는 한참 만에 고개를 들었다.

"방 배정은 누가 합니까?"

"네?"

"이번과 늘 같습니까? 유대평 씨는

801호에, 이미래 씨는 701호에, 보조 작가이신 이우리 씨는 601호에. 이렇게 각각 다른 층 같은 호수에 머무는 방 배정이 늘 같나요?"

그녀는 약간 고개를 갸웃했다.

"아뇨. 늘 그렇지는 않았어요."

그렇다. 늘 같지 않았고, 이번에는 묘한 규칙이 있는 듯한 이 방 배정에 큰 의미가 있었다는 걸 나는 뒤늦게야 깨달았다. 방 배정을 누가 했는지가 중요했다. 나는 미안하다며 그녀에게 가방을 건네주고 곧장 주차장으로 달려 내려갔다. 유대평을 만나야 했다.

6

유대평을 만난 뒤 다시 오피스텔로 돌아온 나는 8층에서 중요한 증거를 하나 수집했다.

그러고는 곧장 관리사무소로 향했다.

관리사무소에는 여전히 관리소장과 여직원이

앉아 있었다. 인사를 하고 들어가자 또 무슨

일이냐는 듯 관리소장의 얼굴에 궁금증이

어렸다.

　"지난번에 만나 뵀던 시설 직원분을 좀

만나고 싶은데요. 오늘 근무신가요?"

　"강민준 씨 말씀하시는 거죠?"

　맞는다고 하자 다행히 오늘 근무라는

대답이 돌아왔다. 나는 그를 만나고 싶다고

말했다. 여직원은 응접 테이블에서 기다리라고

했지만 시설팀으로 직접 가고 싶었다. 그렇게

말하자 관리소장이 안내하겠다고 했다.

관리소장이 함께 이야기를 듣는 편이 더 나을

것 같았기 때문에 그러기로 했다.

　관리소장과 함께 시설팀 사무실로

들어가자 앉아 있던 강민준이 몸을 일으켰다.

"여긴 무슨 일로······."

그는 조금 어리둥절한 얼굴로 나와 관리소장을 번갈아 보았다. 곧장 본론으로 들어갔다.

"CCTV 좀 확인하려고 왔습니다."

"그건 지난번에도 확인하시지 않았습니까? 복사해드릴까요?"

"아뇨."

나는 단호하게 말했다. 희미한 미소가 내 입가에 걸렸다.

"그날 확인했던 18일 밤 11시부터 다음 날 아침 7시까지가 아니라 18일 오전부터 시체가 발견되고 난 후 하루 정도의 CCTV를 보여주셨으면 좋겠습니다. 8층 영상을 말씀드리는 겁니다."

강민준이 멈칫했다. 시선을 아래로 깔고 눈을 빠르게 깜박였다.

"그건 왜……."

"보여주지 못할 이유가 있나요?"

"왜 그래? 어서 보여드려, 강민준 씨."

관리소장이 답답하다는 얼굴로 재촉했다.
강민준은 아랫입술을 꾹 깨문 채로 꼼짝도
하지 않았다.

"당신이죠? 이우리 씨를 죽인 사람."

"예에?"

소리를 지른 것은 강민준이 아니라
관리소장이었다. 강민준은 크게 뜬 눈으로
나를 보다가 차분히 고개를 숙였다. 그는 내가
시신 발견 당시까지의 CCTV가 아니라 훨씬 더
이후의 CCTV까지 요청한 것으로 이미 모든
것이 들통났음을 깨달은 것 같았다.

"말도 안 됩니다. 강민준 씨가 왜……. 이
친구는 이우리 씨가 죽기 전에 이미 그 방을
나가지 않았습니까? 그건 CCTV로 밝혀진

사실이잖아요."

"네. CCTV상으로는 그랬죠. 강민준 씨가
이우리 씨의 방에서 나온 것은 새벽 4시경,
그리고 10분 후 유대평 씨가 이우리 씨의
방에서 나왔다가 다시 들어가죠. 아침 7시,
강민준 씨가 들어가 시신이 발견됩니다."

"맞습니다. 유대평 씨가 들어간 다음
이우리 씨가 죽었으니까 강민준 씨가 범인일
리는 없잖습니까?"

관리소장은 말을 하면서도 흘깃흘깃
강민준을 보았다. 그가 아무 변명도 하지 않는
것이 내심 걸리는 모양이었다. 내가 말했다.

"유대평 씨가 들어간 다음 이우리 씨가
죽었으니 강민준 씨가 범인일 리는 없다…….
그건 어떻게 나온 계산일까요?"

"네?"

"모든 증언이 다 진실이었을까요?"

휘둥그레 눈을 뜬 채로 관리소장은
어리둥절해하다가 이내 뭔가를 알아챘는지
입을 틀어막았다. 아무래도 정답을 깨달은 것
같다.

"강민준 씨가 방에서 나올 때까지만 해도
이우리 씨는 살아 있었다. 바로 강민준 씨의
증언이었죠. 그걸 모두 믿었기 때문에 살해
시간도 그 증언대로 새벽 4시부터 7시 사이가
된 겁니다."

강민준이 자리에 털썩 주저앉았다. 나는
손목을 들어 시간을 확인했다.

"경찰이 오기 전에 간단히 설명해드리죠.
자, 이 사진을 봐주시겠어요?"

나는 휴대폰을 열어 관리소장에게 사진을
확인시켜주었다. 사진은 8층 승강장의 층 표시
번호판이었다. 양각으로 튀어나온 층의 숫자가
벽에 붙어 있었다.

"숫자 옆에 색을 잘 봐주십시오. 다른 곳과의 차이가 보이지 않나요?"

나는 해당 부분을 확대해 손가락으로 가리켰다. 다른 벽 부분은 빛이 바래 있는데, 층 표시의 바로 옆은 페인트 색이 전혀 변하지 않은 채였다.

"그건 층 표시를 뗐다 붙였을 때 생긴 자국입니다."

이야기는 이랬다. 강민준은 이우리를 살해할 마음을 먹었다. 검거될 마음은 없었다. 자신을 대신할 범인이 필요했다. 유대평에게는 또 다른 원한이 있었다. 그래서 유대평을 범인으로 몰아가기로 한 것이었다. 유대평과 이우리에게 각각 801호와 601호를 배정한 것은 강민준이었다. 오늘 유대평에게 가서 확인한 사실이다.

"자, 그럼 시간을 그날로 되돌려보죠. 사건

당일 강민준 씨는 8층 승강장의 층 표시를 10층으로 바꿉니다."

"왜죠?"

"잘 들어보시면 왜 그런지 납득을 하실 겁니다. 저도 여기까지 알아내는 데 많이 헤맸거든요."

사건 당일 새벽, 강민준은 술과 마약에 취한 두 사람 중 이우리를 침실로 데려가 끔찍하게 살해하였다. 그러고는 거실에 있는 유대평을 깨워 방에 가서 주무시라고 말하고는 방을 먼저 나왔다. 강민준은 모든 것이 자신의 계산대로 이뤄지기를 바라며 숙직실로 돌아갔다.

계단을 타고 올라가게 하기 위해 엘리베이터는 미리 망가트렸다. 당연히 유대평은 계단을 통해 8층으로 돌아갔다. 그렇다면 한 가지 의문이 남는다. 자신의 방으로 돌아간 유대평은 왜 다시 이우리의 방으로 돌아왔을까? 거기서 바로 8층을 10층으로 바꾼 이유가 생긴다. 유대평은 8층으로 올라가 계단실에서 8층 로비로 들어가는 문을 열었다. 그런데 정면에 보인 것은 엘리베이터 승강장의 10층 표시였다. 술과 마약에 취해 정신이 없던 그는 진짜로 자신이 10층까지 올라와버린 줄 알았다. 비틀비틀 두 개의 층을 다시 내려와 자신의 방이라고 믿고 유대평이 들어간 방은 601호, 바로 이우리의 방이었다. 30분이나 걸렸던 것은 술과 마약에 취해 제정신이 아니었기 때문으로 짐작된다.

그렇게 자신의 방으로 돌아왔다고 믿은 유대평에게 쓰러져 있던 이우리의 멱살을 잡고 왜 내 방에 와 있느냐고 했던 기억이 남았다. 그때 그의 몸에 이우리의 혈흔이 잔뜩

묻었음은 두말할 것도 없었다. 제정신이 아닌 유대평은 이우리가 죽은 것도, 피가 낭자한 것도 인지하지 못했다.

"제가 처음 여기 왔을 때 강민준 씨가 CCTV 보여준 것 기억하시죠? 그때 10층 CCTV를 잘못 보여주셨죠? 사실은 8층이었습니다만."

내내 입을 다물고 있던 강민준이 힘겹게 말했다.

"알고 계시는 대로 CCTV의 파일명에는 층 표시가 들어갑니다. 저도 모르게 8층 CCTV를 켰는데 10층이라는 표시가 나와 깜짝 놀랐습니다. 잘못 열었다고는 했는데, 그게 제 발목을 잡는군요."

"그때 잠깐 본 CCTV에서 화면이 잠깐 밝아졌다가 어두워졌죠? 바로 그때 유대평 씨가 계단실 문을 열었다 닫은 겁니다."

"저한테는 도박이었습니다. 유대평 작가가 혹시 8층에서 6층으로 다시 내려오지 않으면 모든 것이 수포로 돌아가는 거니까요."

"대담한 계산이었습니다. 저도 놀랐으니까요. 이 트릭을 위해 일부러 1호실의 방을 준 거였죠?"

방을 배정한 것은 시설팀 직원인 강민준이었다고 유대평이 증언했다.

"강민준 씨는 사망 추정 시각이 특정되면 경찰이 그때의 CCTV 영상을 달라고 할 거라 예측했어요. 그리고 그 예측은 맞아떨어졌죠. 그래서 제가 그 이후의 CCTV를 달라고 한 거예요. 경찰이 오기 전 층별 표시를 그대로 돌려놨을 테니까. 그때의 강민준 씨의 모습이 찍혀 있겠죠."

"아니, 아니, 잠깐만요."

관리소장이 손을 저으며 앞으로 나섰다.

그는 도무지 정신을 차릴 수 없다는 듯 고개를
세차게 저으며 강민준에게 물었다.

"강민준 씨가 왜 그런 일을…….
그분들은 그저 머물다 가는 손님들이었고
특별히 우리를 귀찮게 하거나 하대하지도
않았잖아요? 나는 강민준 씨가 이우리 씨랑도
친했던 걸로 기억하는데?"

그 말에 강민준이 얼굴을 일그러트렸다.

"내가 그 쓰레기와 친했다고요? 절대
아닙니다. 그 쓰레기는 이미래 씨를!"

"강민준 씨."

내가 둘 사이를 가로막았다. 나는
강민준의 어깨에 손을 올렸다. 강민준이
분노가 일렁이는 눈으로 나를 응시했다. 나는
살짝 고개를 저으며 말했다.

"잘 생각하셔야 합니다. 여기서 그 사실을
말하면 상처받는 사람이 있다는 것을

잊으시면 안 돼요."

"그것까지…… 알고 계시는 겁니까?"

"네."

유대평은 끝까지 인정하지 않으려 했지만, 나는 이미 모든 상황을 파악한 뒤였다.

모델 이미래의 사진이 인기를 끈 것은 그녀의 표정 때문이었다. 무표정한 듯, 모든 것을 상실한 듯, 모든 것에 관심이 없는 듯. 다각도로 이해할 수 있는 그녀의 표정. 그 표정은 그냥 만들어진 것이 아니었다. 그것을 만들어낸 것은 유대평과 이우리, 그리고 어머니인 천경선까지 연루된 일이었을 것이다.

동성애자인 유대평은 이우리에게 지시해 사진을 찍기 전날부터 교감을 이유로 미리 숙소에 머물며 이미래와 관계를 맺게 했다. 어머니 천경선까지 관계됐다고 생각한 것은 장애를 가진 이미래를 혼자 방에 머물게 했기 때문이었다. 이미래는 아마도 어머니가 시키는 대로 뭐든 따랐을 것이었다. 그리고 그 고통이 표정을 통해 드러났다. 유대평은 악마였다.

처음 이미래를 만나 유대평에 대해 물었을 때 그녀는 가슴에 손을 얹으며 '아프다'고 했다. 그것은 마음이 아프다는 뜻이 아니었다. 유대평과의 모든 순간이 그녀에게는 아픔이었을 것이다.

그런 사실을 강민준은 어떤 경로를 통해 알게 되었을 것이다. 가끔 속내를 이야기한 사이이기도 했으니 이우리가 직접 이야기했을지도 모른다. 사실을 알게 된 강민준은 그 지독한 악마의 거래를 끝장내려 했다. 아마도 강민준은 이미래를 마음에 품고 있었을 것이다.

하지만 이 자리에서 이미래의 성폭행 피해 사실을 터트려서는 안 된다. 그녀는

충분히 보호받을 권리가 있었다. 모든 것은
경찰 쪽에서 신원을 드러내지 않고 수사해줄
것이었다.

주차장 쪽에서 몇 대의 차가 빠르게
들어오는 것이 보였다. 경찰차도 있었고, 개인
차량도 있었다. 내가 부른 경찰들이 이제야
도착한 것이었다.

"변호사님, 한 가지 궁금한 게 있습니다."

창문을 통해 경찰들이 도착한 사실을 알게
된 강민준이 말했다. 나는 그를 보았다.

"언제부터 저를 의심하셨습니까?
천경선 씨나 이미래 씨를 의심하실 수도
있었잖습니까? 역시 CCTV 때문인가요?"

그는 자신의 완벽한 계획이 어디서부터
차질을 빚었는지 알고 싶은 것 같았다.

"처음부터요."

거짓말이다. 진실을 깨달은 것은 불과

몇 시간 전의 일이었다. 하지만 이 정도의
거짓말은 괜찮겠지. 탐정 역할은 언제나
멋있게 끝나야 하니까 말이다.

　"일단 천경선 씨는 노인인 데다 몸집이
워낙 작아 이우리 씨를 상대할 만한 사람이
아니었습니다. 그리고 엘리베이터가 망가진
상태였잖아요. 이미래 씨는 애초에 범행이
가능한 사람이 아니죠. 그녀는 반신불수의
장애인이니까요."

　나는 처음 이미래를 만나던 날을
떠올렸다. 사진으로는 알지 못했었다. 그녀가
걷지 못하는 사람이라는 걸. 휠체어에 앉아
스르르 미끄러져 다가오던 그녀의 모습을
보고 놀라지 않으려 애썼던 것이 기억났다.

　노크도 없이 사무실의 문이 열렸다.
들어온 사람들은 자신들을 형사라고 소개한
뒤 강민준을 찾았다. 강민준이 대답하며

고개를 숙이자 형사들은 그를 체포해 나갔다.

　나는 깊은 한숨을 내쉬었다. 앞으로 좀 더 할 일이 남아 있었다. 나는 유대평의 변호인을 사임할 것이다. 그리고 경찰에 천경선 역시 조사를 받도록 신고할 것이었다.

　파도처럼 사람들이 빠져나가고 남은 것은 관리소장과 나뿐이었다. 관리소장은 나에게 좀 더 설명을 요구하는 듯 쳐다보았지만 나는 그의 어깨를 두드려주고는 사무실을 빠져나왔다. 이제 집으로 돌아갈 시간이었다.

작가의 말

어릴 적 제가 심취해 있던 추리소설은 생각지도 못한 트릭으로 독자를 놀라게 하는 작품들이었습니다. 아무도 들어갈 수 없는 밀실에서 벌어지는 살인 사건이나 등장인물들이 모두 보고 있는 데서 벌어지는 사건은 어렸던 절 흥분케 하였습니다. 이후 미스터리 스릴러 작가가 되었지만 어느 곳에나 CCTV가 있고 고도의 과학기술이 발달된 현재는 웬만한 트릭을 다 무의미하게 만들었지요.

그런 제가 처음으로 트릭을 통한 살인
사건을 쓰게 되었습니다. 짧은 소설이지만
재미있게 읽어주셨으면 좋겠다는 마음을
가득 담았습니다. 소중한 지면을 내어주신
위즈덤하우스와 편집자님께 진심으로 감사의
말씀을 드립니다.

경계선 지능 장애가 있으신 분의 이야기를
뉴스를 통해 보았습니다. 부모님은 혹시
나중에 아이가 크면서 지능이 좋아지지
않을까 싶어 장애인 등록을 하지 않았는데
그 사실을 이용하는 나쁜 사람들에 관한
뉴스였습니다. 자식이 폭행을 당하고 노동
착취를 당하는 것을 알지만 현행법상
장애인이 아닌 그는 '성인'에 속했습니다.
'성인'이 선택한 일을 부모가 강제로 경찰을
동원해 데리고 올 수 없었지요. 그 이후에도

경계선 지능 장애가 있는 분들의 안타까운 이야기가 많이 보도되었습니다. 《모델》의 주인공 이미래의 사정을 주변에서 신고하고 도와줄 수 있었다면 소설 속 불행한 일은 일어나지 않았을 겁니다.

현실 속에서도 더 이상 불행한 일이 벌어지지 않기를 바라며, 장애인으로 등록되지 않았어도 경계선 지능 장애가 있다고 판단되는 사람을 지킬 수 있는 법의 울타리가 만들어지길 기도합니다.

2023년 6월

정해연

- 19

모델

초판 1쇄 인쇄 2023년 6월 23일
초판 1쇄 발행 2023년 7월 12일

지은이 정해연
펴낸이 이승현

출판2 본부장 박태근
스토리 독자 팀장 김소연
편집 강소영 곽선희 김해지 이은정 조은혜
디자인 이세호

펴낸곳 ㈜위즈덤하우스   **출판등록** 2000년 5월 23일 제13-1071호
주소 서울특별시 마포구 양화로 19 합정오피스빌딩 17층
전화 02) 2179-5600   **홈페이지** www.wisdomhouse.co.kr

ⓒ 정해연, 2023

ISBN 979-11-6812-719-7 04810
        979-11-6812-700-5 (세트)

값 13,000원

한 조각의 문학, 위픽 (wefic)

구병모 《파쇄》

이희주 《마유미》

윤자영 《할매 떡볶이 레시피》

박소연 《북적대지만 은밀하게》

김기창 《크리스마스이브의 방문객》

이종산 《블루마블》

곽재식 《우주 대전의 끝》

김동식 《백 명 버튼》

배예람 《물 밑에 계시리라》

이소호 《나의 미치광이 이웃》

오한기 《나의 즐거운 육아 일기》

조예은 《만조를 기다리며》

도진기 《애니》

박솔뫼 《극동의 여자 친구들》

정혜윤 《마음 편해지고 싶은 사람들을 위한 워크숍》

황모과 《10초는 영원히》

김희선 《삼척, 불멸》

최정화 《봇로스 리포트》

정해연 《모델》

정이담 《환생꽃》

문지혁 《크리스마스 캐러셀》

김목인 《마르셀 아코디언 클럽》(근간)

전건우 《앙심》(근간)

최양선 《그림자 나비》(근간)

이하진 《확률의 무덤》(근간)